俵万智 3・11短歌集

あれから

短歌 俵万智
絵 山中桃子

今人舎
IMAJINSHA

お土産にされて
売られて
本当は
誰のものでもない
星の砂

「震度7!」「号外出ます!」新聞社あらがいがたく活気づくなり

「電信柱抜けそうなほど揺れていた」震度7とはそういうことか

空腹を
訴える子と
手をつなぐ
百円あれど
おにぎりあらず

ゆきずりの
人に貰いし
ゆでたまご
子よ忘れるな
そのゆでたまご

生きてたとテレビに知りぬ正月を家族で過ごせしホテルの女将

また夏に来ると思いて神割崎《かみわりざき》見ずに過ぎたり南三陸

電気なく水なくガスなき今日を子はお菓子食べ 放題と喜ぶ

ありふれた心が後ろめたくなる花をきれいと思うことさえ

チェルノブイリ、スリーマイルに挟まれてフクシマを見る七時のニュース

震災の映像見れば指しゃぶりいよよ激しき七つの心

まだ恋も
知らぬ我が子と
思うとき
「直ちには」とは
意味なき言葉

簡単に
安心させて
くれぬゆえ
水野解説委員
信じる

子を連れて西へ西へと逃げてゆく愚かな母と言うならば言え

仙台に電話をすればそこにある風呂なし食料なしの生活

世話になる人に頭を深々と下げる七歳板につきたり

「家」という漢字を使う例文に「じぶんの家に早くかえりたい」

もう一人のわたくしがいて三月の予定通りの世界に生きる

今だけはいつもの時間にっぽんの昔話を子に読んでやる

孟母にはあらねど我は二遷して西の果てなるこの島に住む

第三者的には
「軟禁」とも言える
車を持たぬ
離島の暮らし

郵便局を
中心にして
少しずつ
鮮明になる
この町の地図

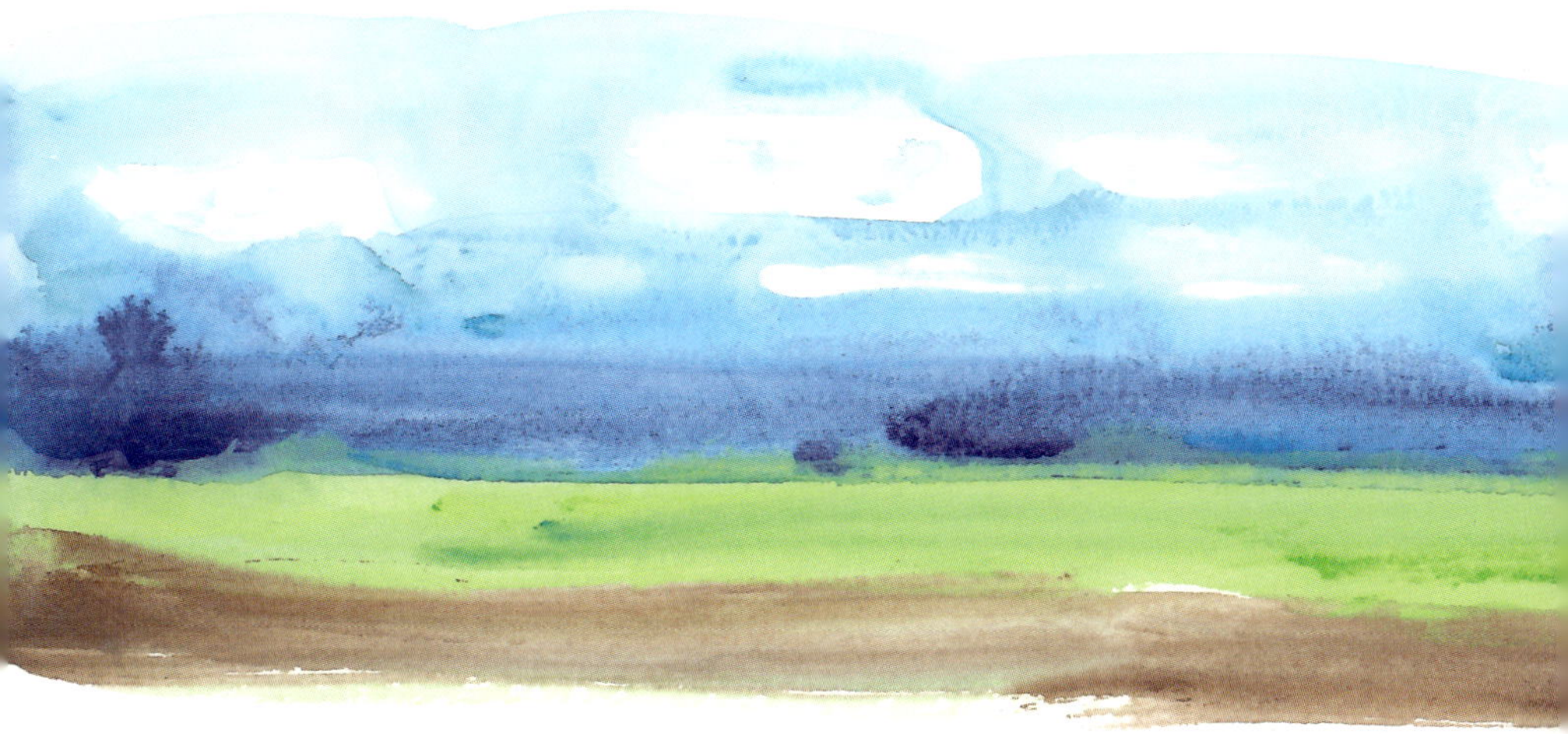

島に来てひと月たてば男の子アカショウビンの声聞きわける

子は眠るカンムリワシを見たことを今日一日の勲章として

醤油さし
買おうと思う
この部屋に
もう少し長く
住む予感して

近海もの
国産ものを
避けながら
寂しき母の
午後の買い物

オオカミのごとき台風襲いきて子豚マンションのドアをたたけり

「帰る理由」「帰らぬ理由」並べれば角のとれないオセロのごとし

おしゃれすぎる企画書が来て東電の工程表のように眺める

酒席にて安全を説く男ありテレビの誰かと同じ口調で

子を守る
小さき虫の
親あれば
今の私は
これだと思う

旅人の
目のあるうちに
見ておかん
朝ごと変わる
海の青あお

今のおまえを
とっておきたい
海からの風を
卵のように丸めて

男の子
三人寄れば
鬼ごっこ
始まっている
白い浜辺に

子どもらは
ふいに現れ
くつろいで
「おばちゃんカルピスちょうだい」と言う

ぷふぷふと
頬ふくらます
子に聞けば
釣られて焦る
フグのものまね

「オレが今
マリオなんだよ」
島に来て
子はゲーム機に
触れなくなりぬ

どんといけと
聞こえてくるよ
エイサーを
踊る息子の
太鼓のリズム

汚染米を
「おせんべい」と
誤読して
子は駈けゆけり
秋の陽のなか

晴れた日は
「きいやま商店」
聞きながら
シャツを干すなり
海に向かって

楽しげに鈴鳴るごとき響きかな「じんがねーらん」は銭がないこと

ダンボールから衣装ケースに移すとき「定住」という言葉を思う

係員の
入力ミスか
「日本は終了しました」とある
掲示板

沖縄のヒーロー
琉神マブヤーは
敵を倒さず
「許す」と言えり

あとがき

震災の日、私は仕事で東京にいた。新聞社の会議に出席していたので、揺れが収まるやいなや情報が入ってきた。息子と両親のいる仙台で、震度7とのこと。携帯で連絡をとろうとしたが、右手がぶるぶる震えて、うまく操作ができなかったことを思い出す。陸路も空路も断たれ、山形経由で帰れたのは、五日後のこと。家族と再会を喜びあったのもつかのま、翌朝には息子の手をひいて、二人で仙台を離れた。余震と原発が落ち着くまでという思いからだったが、避難の旅は予想外に長びき、紆余曲折を経て、そのまま南の島に住みついてしまった。

支えてくれる友人がいたことや、どこにいてもできる仕事を持っていたことなど、自分は恵まれていたと思う。「避難できて、いいですね」とも言われるし、「避難なんて必要あるんですか？」とも言われる。

不安をより少なく、と私は思った。シンプルに言えば、そういうことだ。

あの日以来、多くの人が考えたことだろう。自分にとって一番大切なものは、何なのかと。母親である私には、少しでも安全な場所へ子どもを連れていきたいということしかなかった。

何色にもなれる未来を願う朝　白いガーベラ君に手渡す

子どもの人生は子どもの手で色を塗っていってほしい。そのために大人がしてやれるのは、白いキャンバスを用意してやることだけだ。そんなことを思いながら、「あれから」の日々を過ごした。いろいろありながらも、南の島の二人暮らしにも、日常と呼べる時間が流れるようになった。震災後十か月ほどのあいだに詠んだ短歌をまとめてみようという気持ちになれたのも、少し心にゆとりができたからだと思う。

ここに収めた短歌は、いずれは自分の第五歌集に収めるつもりだ。が、そこには息子の成長を追った短歌や、恋の歌や、旅の歌など、さまざまな作品が同居する。そのまえにこういう形で、心と時間の整理をすることができたことに感謝したい。編集者の中嶋舞子さんのおかげです。

歌と寄り添うように、絵を描きおろしてくれた山中桃子さん、ありがとう。彼女の個展には初期のころから通い、いくつか作品も買ってしまったほどのファンなので、ほんとうに嬉しい。いつか一緒に仕事をと願っていた。

二〇一二年一月

俵　万智

〈編集後記〉
○俵さんは3.11の後、仙台を離れました。俵さんに対し、「恵まれているから」「離れたくても離れられない人がいる」という人もいます。そんなとき、俵さんの短歌が掲載された「歌壇」が編集部に持ち込まれました。全員がそれを読んで、俵さんのお子さんへの想いを感じました。母が子を想う気持ちは、被災地を離れようが、離れまいが、変わるものではないと感じ、すぐにこの本を企画。担当者が俵さんの住む南の島へ向かいました。
○編集部では、P44の短歌から「本日・日本」という仮題をつけました。でも、俵さんから「あれから」という題をいただきました。少しでも多くの方に「あれからの愛する人への想い」をテーマにした俵さんの短歌を味わって頂けたら幸いです。

●短歌／俵 万智（たわら まち）
●絵／山中 桃子（やまなか ももこ）
編集／中嶋 舞子
装丁／タケシタナカ
本文デザイン／西尾 朗子　矢野 瑛子

出典／「歌壇」（本阿弥書店）2011年9月号、「短歌研究」（短歌研究社）2011年10月号、
「短歌」（角川学芸出版）2011年12月号、以上3冊に発表された歌から再構成。

書／稲葉 玉紫（いなば ぎょくし）日本書道美術院審査員

俵万智3・11短歌集
あれから
二〇一二年三月十一日　第一刷発行
二〇一二年三月二十四日　第二刷発行
短歌　俵 万智
絵　山中 桃子
発行者　稲葉 茂勝
印刷・製本　凸版印刷株式会社
発行所　株式会社今人舎
〒一八六―〇〇〇一
東京都国立市北一―七―二三
電話　〇四二―五七五―八八八八
FAX　〇四二―五七五―八八八六

ISBN978-4-905530-03-9　NDC911
Published by Imajinsha Co., Ltd. Tokyo, Japan
今人舎ホームページ　http://www.imajinsha.co.jp
E-mail　nands@imajinsha.co.jp